Dez. 93

herzliche
Grüße u.
Wünsche

Jös

Wir möchten hiermit allen danken,
die mit ihrem Interesse und ihrem
Engagement dieses Buch erst
ermöglicht haben.

Ludwig Soumagne

Ulrich Kaltenmeier, Verlag van Acken

1. Auflage 1993 ISBN 3-923 140-59-2

Gesamtherstellung: Druckerei und Verlag
Joh. van Acken GmbH & Co. KG, Krefeld

Aquarell ‚Kruzifix' '93 Dieter Patt
Titel: Petra Klüners

Ludwig Soumagne
Die Litanei

Band 4

Mit einem Nachwort von

Jörg Splett

Verlag van Acken Krefeld

Für Heinrich Bronkalla †

‚Die Litanei'
in Niederrheinischer Mundart von

Ludwig Soumagne

Litanei

Häer mer danke Dech
bös ungs wigder su jnädig Häer
Jott em Himmel halt Ding Hank üvver se
beschötz die Dolle op Äede
die net dofür künne dat mer su sind
die für ungs de Kohle us em Füür holle
die für ungs de Hank en et Füür läje
die für ungs dorch et Füür jonnt
die für ungs die schwere Ärbeet donnt
die für ungs der Kopp hinhalde
die für ungs Drieß un Dreck fäje
die für ungs danze un sprenge
die für ungs vür ungs Strank hant
die für ungs der Hot träcke
die für ungs schöldig wäede
die für ungs dree Fenger huchhäve
die für ungs höngere un freere
die für ungs läve un sterve
die für ungs der Himmel op Äede bedüje
die für ungs draan jlöve müsse
leev Häer Du weeß wie mer op die Dolle
aanjewiese sind — erbarm Dech un lott se
öm Joddes Welle net ussterve
Amen

Die hochdeutsche Übertragung der 'Litanei'

Litanei

Herr, wir danken Dir
sei uns weiter so gnädig, Herr!
Gott im Himmel, halte Deine Hand über sie
beschütze die Dollen (Verrückten) auf Erden
die nicht dafür können, daß wir so sind
die für uns die Kohlen aus dem Feuer holen
die für uns die Hand ins Feuer legen
die für uns durchs Feuer gehen
die für uns die schwere Arbeit tun
die für uns den Kopf hinhalten
die für uns den Unrat und Dreck fegen
die für uns tanzen und springen
die für uns vor uns Angst und Respekt haben
die für uns den Hut ziehen
die für uns schuldig werden
die für uns drei Finger hochheben (schwören)
die für uns hungern und frieren
die für uns leben und sterben
die für uns der Himmel auf Erden bedeuten
die für uns dran glauben müssen
Lieber Gott Du weißt,
wie wir auf die Dollen angewiesen sind;
erbarme Dich
und laß sie um Gottes Willen nicht aussterben.
Amen

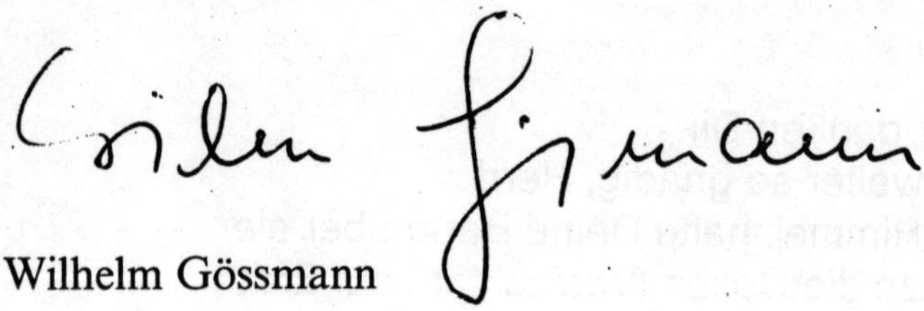

Wilhelm Gössmann

AUSCULTA O FILI

Nicht die Angesehenen
Tüchtigen und Rechtschaffenen
ich bin für die Bekloppten
die für die andern
die Arbeit tun
für die Stillen im Lande
die man allerorts
überhört und übersieht
für die Twärsen
und Wiensken
ohne die alles so glatt
ablaufen tät
die Bescholtenen
die Tippelbrüder
die es nirgends aushalten
für die Troddeligen
und Drümeligen
wegen derer
so viel liegen bleibt
für alle
denen die Liebe
in den Kopf gestiegen
den Besserwissern
und Spinnern –
Laßt sie unter euch leben
nur ihretwegen
erbarmt sich Gott
unserer Welt

Übertragung ins Tschuwaschische
von

Gennadi Aigi

КĔЛĔ

Туррăмăр, Сана тав тăватпăр,
çырлах малашне те, эй, Тура!
Çӳлти Аттемĕр, тытса тăр тĕлĕнче, -
вĕсене Çĕр çинче Эс упра.
Кам пирĕн киревсĕрлĕхшĕн айăплă мар,
кам пирĕншĕн кăвар тытать аллипе,
кам пирĕншĕн вута та кĕрет,
кам пирĕншĕн пуçне çĕклемесĕр ĕçлет,
кам пирĕншĕн пуртă айне те хурать хай пуçне,
кам пирĕншĕн тасатать çӳп-çаппа лапрана,
кам пирĕншĕн хуçкаланать ташăра,
кам пирĕншĕн чĕтрет пиртен хăраса, пире чыс туса,
кам пирĕншĕн, пирĕн умра, хывать çĕлĕкне,
кам пирĕншĕн айăплă ыттисен умĕнче,
кам пирĕншĕн, виçĕ пӳрнине çĕклесе, тупа тума хатĕр,
кам пирĕншĕн шăнать, выçăхать,
кам пирĕншĕн пурăнса пирĕншĕн вилет,
кам пирĕншĕн Тӳпе çутине не Çĕр çинче кăтартать,
çавсене Эсĕ, Турă, пĕлетĕн:
çав ăссар айвансемсĕр эпир пурăнаймăпăр,
каçар Эс пире, сырлах!
Анчах çавă ăссăрсене
вилсе пĕтмешкĕн ан пар.
Амин.

Übersetzung ins Schottische
von

J. K. Annand

Litany

Lord, we thenk ye
bide ye aye kind til us, Lord!
God in Heivin, haud yir haund owre them
bield the gyte that are on Yird
that canna help that we are sae
that draw the coals out the fire for us
that pit a nieve intil the fire for us
that gang throu fire for us
that dae a heavy darg for us
that tak the wyte aff us
that redd up shairn and glaur for us
that dance and lowp aroun for us
that shaw fear and respeck for us
that raise their bunnet for us
that feel guilty for us
that sweir by us
that sterve and freeze for us
that leeve and die for us
that mean Heivin on Yird for us
that pit their traist in us
Dear God ye ken
hou we belang the gyte;
and by God's will, latna them wede awa.
Amen

Ins Dänische übertragen
von

Annelise Baunbaek

Annelise Baunbaek

Litani

Herre vi takker Dig
vær os stadigvæk naadig, Herre
Gud i himmelen, hold din haand over dem,
beskydt te tossede (forrygte) paa jorden
de som ikke kan gøre for, at vi er saadan
som for os henter kullene ud af ilden
som for os lægger haanden paa ilden
som for os gaar gennem ilden
som for os gør det tunge arbejde
som holder hovedet frem for os
som for os fejer skarn og skidt
som for os danser og springer
som for os har angst og respekt
som for os tager hatten af
som bliver os skyldig
som hæver tre fingre for os (sværger)
som for os sulter og fryser
som for os lever og dør
som for os betyder himlen paa jorden
som maa tro det for os
kære Gud du ved
hvordan vi er henvist til de tossede
forbarm dig
og lad dem for Guds skyld ikke uddø

Amen

Esperanto

Maria Becker-Meisberger

Maria Becker-Meisberger

Litanio

Sinjoro, ni dankas vin
estu plue tiel kompatema al ni, Sinjoro!
Dio en la ĉielo, etendu vian manon super ilin
protektu la stultulojn surtere
kiuj ne kulpas ke ni estas kiel ni estas
kiuj por ni tiras la maronojn el la fajro
kiuj por ni metas la manon en la fajron
kiuj por ni paŝas tra la fajro
kiuj por ni laboregas
kiuj por ni alfrontas ĵiujn obstaklojn
kiuj por ni forbalaas koton kaj malpuraĵon
kiuj por ni dancas kaj saltas
kiuj por ni nin timas kaj respektas
kiuj por ni demetas la ĉapelon
kiuj por ni fariĝas kulpaj
kiuj por ni tri fingrojn levas (ĵuras)
kiuj por ni malsatas kaj frostas
kiuj por ni vivas kaj mortas
kiuj por ni signifas ĉielon surtere
kiuj por ni sin devas oferi
kara Dio,
vi scias kiel ni dependas de la stultuloj
kompatu nin
kaj pro la amo de Dio zorgu ke ili ne formortu
Amen

Übertragen ins Lateinische
von

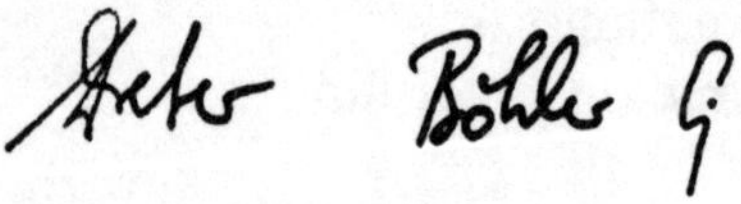

Dieter Böhler SJ

LITANIAE

Tibi gratias referamus,
pergas indulgentiam,
Deus caeli, tuam extendas manum pius super hos
stupidos tu protegas his in terris, Domine!
quibus, quia tales simus, adscribendum est nullatenus,
qui pro nobis nostra servant flammis e periculosis,
qui pro nobis sua manu spondent atque vades sunt,
qui pro nobis non horrescunt, flammis acribus addici,
qui pro nobis opera suscipiunt laboriosa,
qui pro nobis iugulantur sua sponte traditi,
qui pro nobis sordes tollunt et squalores putridos,
qui pro nobis exsultantes choreis exsiliunt,
qui pro nobis nos respectant et timentes honorant,
qui pro nobis caput nudant, reverenter salutant,
qui pro nobis inculpantur, maculantur propter nos,
qui pro nobis interponunt iusiurandum sanciens,
qui pro nobis sufferentes algent et esuriunt,
qui pro nobis vivunt semper, moriuntur itidem,
qui pro nobis hic in terris caelum iam significant,
qui pro nobis sufferunt consequentias finales
Bone Deus, ipse nosti,
quod egemus stupidis,
miserere,
ne, per Deum, exstinguantur penitus!

In Kärtener Dialekt übersetzt
von

Bernhard C. Bünker

LITANEI

Vagölts Gott, Vota
gib uns aa moagn noch Dei Gnod!
Vota im Himml, holt Dei Hond iba sie,
schitz de Noan auf dera Wölt
de nix dafia kennen, doß wia so san, wia ma san
de, dewos fia uns de Kestn aus da Gluat holn
de, dewos fia uns de Hond ins Feia legn
de, dewos fia uns duachs Feia gean
de, dewos fia uns de schware Oabeit mochn
de, dewos fia uns en Schädl ummeholtn
de, dewos fia uns en Dreck und en Mist kian
de, dewos fia uns tonzn und schpringen
de, dewos sich fia uns vua uns fiachtn und Reschpekt hobn
de, dewos fia uns senan Huat ziagn
de, dewos fia uns a Schuld auf sich lodn
de, dewos fia uns an Eid schwean
de, dewos fia uns Hunga und Költn leidn
de, dewos fia uns lebn und z'grundgean
de, dewos fia uns en Himml auf da Wölt bedeitn
de, dewos fia uns dron glabn miaßn
Du waßt eh Vota,
doß ma auf de Noan ongwiesn san
daboam di
und loß sie um Gottschristiwülln nit ausschteabn
AMEN

Übertragung ins Polnische (Warschau)
von

Krystyna Chudowolska

Litania

Panie, dziękujemy Ci
bądź nam dalej tak miłościw, Panie!
Boże w niebiosach, wznoś swą dłoń nad nimi
ochraniaj szaleńców tej ziemi
którzy nie winni temu, że tacy jesteśmy
którzy za nas węgle z ognia dobywają
którzy za nas ręce w ogień kładą
którzy za nas przed ogień idą
którzy za nas ciężki podejmują trud
którzy za nas głowę nadstawiają
którzy za nas nieczystości uprzątają
którzy dla nas skoczny wioda tan
którzy dla nas przed nami lęk i respekt mają
którzy za nas kapelusza uchylają
którzy za nas dłużnikami są
którzy za nas trzy palce gestem przysięgi wznoszą
którzy za nas głodują i marzną
którzy za nas żyją i umierają
którzy dla nas niebo na ziemi znaczą
którzy za nas w to wierzyć musza
Panie, Ty wiesz,
jako my na szaleńców jesteśmy zdani:
zmiłuj się
i nie pozwól na miły Bóg by wymarli.
Amen.

Übertragen ins Italienische
von

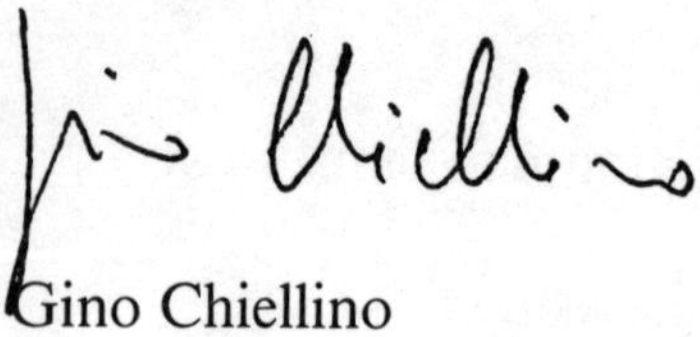

Gino Chiellino

Uitania, da L wie U ausgesprochen wird, genau wie F = H, bei dem Diphthonh uo wird o als einen leichten Übergang von u zu o ausgesprochen, mehr nicht!

Signure, a tie ringraziamu
misericordia e nue sempre, o Signure!
Signure do cieu, tenecce e manu supra a capu
guarda i povari pazzi e sta terra
ki un danu curpa illi si simu accussì
ki ne caccianu e castagne do huocu
ki mintenu a manu 'ntro huocu
ki caminanu supra u huocu
ki hanu e hatighe chiù pisanti pe nue
ki se rumpenu a nuce do cuollu pe nue
ki pe nue ricoglienu tutt'e porcherie
ki abballanu e satanu pe nue
ki se spagnanu pe nue
ki se caccianu u cappiellu pe nue
ki se piglianu a curpa pe nue
ki juranu u hauzu pe nue
ki morenu e hame e de friddu pe nue
ki vivenu e morenu pe nue
ki pe nue vuonu dire u cieu 'nterra
ki morenu allu ppostu nuostru
Signure da misericordia, tu u sai ka
a nue ne servenu sti povari pazzi
misericordia o Signure
e nun le hare murire tutti quanti, e cussisìa!

Ins Türkische übertragen
von

Sabahat Eker

Sabahat Eker

LITANY*

Allah, ana minnettarız
ileride de günahlarımızı bağışla, Allah!
Yüce Allah, ellerin onların üzerinde olsun
koru safları (delileri) yeryüzünde
bizim böyle olmamıizdan sorumlu olmayanları
bizim için ateşten kömür alanları
bizim için elini ateşe verenlerı
bizim için ateş arasıindan geçenleri
bizim için ağir işlerde çalışanları
bizim için hayatını feda edenleri
bizim için çöp ve pislik temizleyenleri
bizim için dans edenleri ve zıplayanları
bizim için bizden korkanları ve bize saygı duyanları
bizim için suçlu olanları
bizim için yemin edenleri
bizim için aç kalanları ve üşüyenleri
bizim için yaşayanları ve ölenleri
bizim için yeryüzünde gökyüzü anlamına gelenleri
bizim için ölmek zorunda kalanları
Yüce Allah, saflara
ne kadar ihtiyacımız olduğunu biliyorsun!
merhamet et
ve onların soyunun tükenmeesine izin verme.
Amin.

*Litanay: Papazla cemaat arasında okunan uzun dua

Übertragen ins Berndeutsche
von

Ernst Eggimann

litanei

her mir danke der
bis is wytter so gnädig her
hergott im himu
häb di hand über se
phüet d schpinner uf ärde
wo nüt derfür chöi das mer so sy
wo nis d chole us em füür hole
wo für is d hand ids füür lege
wo für is dür ds füür gö
wo für is schaffe u chrampfe
wo für is der chopf härehei
wo für is der dräck mache
wo für is ggumpe u tanze
wo vor is der huet zie
wo für is schuudig wärde
wo für is drei finger ufhäbe
wo für is hungere u friere
wo für is läbe u schtärbe
wo für is der himu uf ärde bedütte
wo für üs müesse dra gloube
liebgott du weisch
wi mer uf d schpinner agwise sy
häb erbarme u la se
um gottswiue nid usschtärbe
amen

Übertragen ins Finnische

anonym

Litania

Herra, me kiitämme Sinua,
ole meille edelleenkin armollinen, Herra!
Taivaallinen isä, siunaa heitä kädelläsi
suojele maan vähämielisiä
jotka eivät voi mitään sille, että olemme tällaisia
jotka poimivat meille kuumat hiilet pesästä
jotka meidän edestämme syöksyvät tulipätsiin
jotka panevat kaikkensa alttiiksi meidän edestämme
jotka tekevät raskaan työn meidän puolestamme
jotka ottavat vastaan iskut meidän edestämme
jotka lakaisevat meidän likamme ja roskamme
jotka tottelevat alttiisti käskyjämme
jotka meidän eduksemme pelkäävät ja kunnioittavat meitä
jotka meitä nöyrästi kumartavat
jotka ottavat syyn puolestamme niskoilleen
jotka käsi raamatulla puolestamme vannovat
jotka kärsivät nälkää ja palelevat meidän puolestamme
jotka meidän edestämme elävät ja kuolevat
jotka ovat meille taivas maan päällä
jotka puolestamme siihen uskovat
Rakas Jumala, Sinä tiedät,
miten riippuvaisia me ollemme näistä vähämielisistä,
ole armollinen
äläkä anna heidän koskaan kuolla maan päältä
Amen

Übertragen ins Flandrische
von

Caroline Fransens

HIËR WE BEDANKEN OU
ZIJDT ONS VERDER AZUE GENADIG HIËR
GOD IN DEN EMEL OUDT ONS IN A AND
BESCHEIRM DE ZOTTEN OP D'EIRDE
DIE ER NIET AAN KEUMEN DOEN DA ZE AZU ZIJN!
DIE VEUR ONS DE KOLEN UIT 'T VIER HOALEN
DIE VEUR ONS D'ANNEN IN 'T VIER STEKEN
DIE VEUR ONS DEUR 'T VIER GOAN
DIE VEUR ONS 'T ZWOAR WERK DOEN
DIE VEUR ONS EURE KOP OP 'T SPEL ZETTEN
DIE VEUR ONS STRONT EN VUIL VEIGEN
DIE VEUR ONS DANSEN EN SPRINGEN
DIE VAN ONS SCHOU ZIJN EN RESPECT VEUR ONS EMMEN
DIE VEUR ONS EUREN OED AFDOEN
DIE VEUR ONS DE SCHULD OP EUR EIGEN STEKEN
DIE VEUR ONS DREI VINGERS OPSTEKEN
DIE VEUR ONS ONGER EN DUST LEIN
DIE VEUR ONS LEIVEN EN DUEDGAAN
DIE VEUR ONS DEN HEMEL OP D'EIDE ZIJN
DIE ER VEUR ONS MOETEN AAN GELUEVEN
LIEVEN HIËR GIJ WIT AE DAMME WIJ OP DIE
ZOTTEN AANGEWEZEN ZIJN
ERBARMD AE OVER ULDER EN LOAT ZE IN GODSNAAM
NIE UITSTERVEN.

Übertragung in den Dialekt aus dem Wiener Raum
von

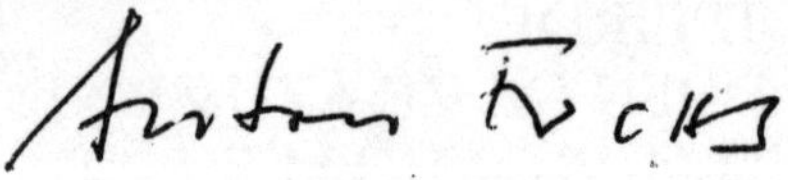

Anton Fuchs

LI-TA-NEI

(für Li-Tai-Pe)

Herrgott Vergeltsgott
daß du Gottseidank auf die schaust
die auf uns schaun
die für uns:
hackln und packln
zechn und blechn
fixn und wixn
holzn und bolzn
buckn duckn obe schluckn
plärrn und rärn
hörn und schwörn
büßn und allewei müssn
baun und haun
beissn und niedareissn
kreuln und vafeuln
fluachn
und trotzdem allawei ruachln
Herrgott du waßt wia ma se brauchn
diese Dodln und Dolm
diese Gfrasta diese...
Sollns von miraus in Massn steam
aber aussteam um Gotteswilln
dearfst sie ned lassn
dafir spendier i dir
und dem heilichen eilichen Vota
a Kerzn und a Muartstrumm
AAAAAMMMEEEEENNNNN

Übersetzt ins Portugiesische
von

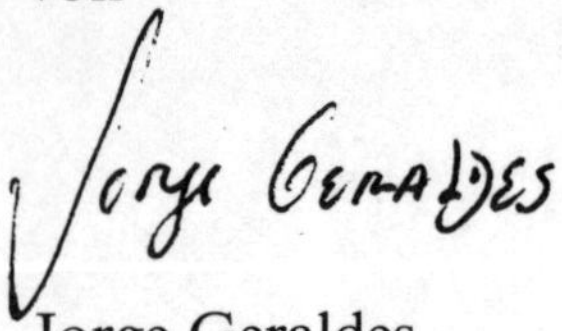

Jorge Geraldes

Letania

Senhor, nós agradeçemos – te
continua a ser – nos assim fiel, Senhor
Deus no céu, pôe a tua mão sobre eles
protege os loucos (malucos) sobre a terra
que não têm culpa de nós assim sermos
aqueles que por nós tiram o carvão do fogo
aqueles que por nós pôem as mãos no fogo
aqueles que por nós passam pelo fogo
aqueles que por nós fazem o trabalho pesado
aqueles que por nós estendem a cabeça
aqueles que por nós varrem o lixo e porcaria
aqueles que por nós dançam e saltam
aqueles que por nós antes nós têm medo e respeito
aqueles que por nós tiram o chapéu
aqueles que por nós serão culpados
aqueles que por nós levantam trés dedos (juram)
aqueles que por nós passam fome e frio
aqueles que por nós vivem e morrem
aqueles que por nós o céu sobre a terra segnificam
aqueles que por nós têm de acreditar
meu Deus tu sabes
como nós estamos sujeitos aos loucos
compadece – te
e não os deixes por vontade de Deus extingir – se
Amen

Übersetzung ins Isländische
von

Franz Gislason

Litana

Herra, vér pökkum pér
vertu oss áfram jafn náougur, herra!
Guo á himnum, haltu hönd pinni yfir peim
verndaou pá geggjuou (vitskertu) á jörou
sem geta ekki ao pvi gert ao vér erum svona
sem fyrir oss foroa okkur úr eldinum
sem fyrir oss gta okkar fyrir eldinum
sem fyrir oss vaoa fyrir okkur eldinn
sem fyrir oss erfioa og strita
sem fyrir oss kippa öllu ! lioinn
sem fyrir oss sópa burt sk!tnum
sem fyrir oss dansa og hoppa
sem fyrir oss óttast okkur og viroa
sem fyrir oss taka ofan hattinn
sem fyrir oss taka á sig sökina
sem fyrir oss hefja prjá fingur á loft (sverja)
sem fyrir oss svelta og skjálfa úr kulda
sem fyrir oss lifa og deyja
sem fyrir oss tákna himnar!k! á jörou
sem fyrir oss veroa ao trúa á pao
Góoi guo pú veist
hve háo vér erum peim geggjuou;
miskunna pig
og láttu pá ! guos nafni ekki deyja út.
Amen.

Galicisch
von

Josefa Gonzales

LETANIA

Gracias Ome
Por sernos sempre tan bon
Dios o ceu, pon a ma encima os loucos e tontos
da terra e gardaos,
Porque elos no tenen o culpa deque seamos o somos
Porque elos nos sacan as castanas dufogo
Porque elos ponen a ma en el fogo por nos
Porque elos traspasan u fogo por nos
Porque elos faen a traballo mais pesado por nos
Porque elos arreisgan sua cabeza por nos
Porque elos barren a porqueria e sucieda por nos
Porque elos bailan e saltan por nos
Porque elos nos tanen medo e respeto,
Porque elos sacan o sombrero defrente a nos
Porque elos se faen culpables por nos
Porque elos estenden tres dedos (juran) por nos
Porque elos tanen fame e frio por nos
Porque elos viven e moren por nos
Porque elos significan o ceo a terra para nos
Porque elos se deixan castigar por nos.
Queridino Dios, solo tu sabes, canto dependemos dos loucos e tontos.
Ajudanos e quita que elos se extingan
Men.

Castellano (Kastilisch)
von

W. Droste de Sanz

Wilhelmine Droste

Letania

Gracias Señor
Por sernos siempre tan favorable, Señor
Dios del cielo, pon tu mano sobre los locos y tontos de la tierra
y protégelos.
Porque ellos no tienen la culpa de que nosotros seamos como somos,
Porque ellos nos sacan las castañas del fuego,
Porque ellos ponen la mano en el fuego por nosotros,
Porque ellos traspasen el fuego por nosotros,
Porque ellos hacen el trabajo más pesado por nosotros,
Porque ellos arriesgan su cabeza por nosotros,
Porque ellos barren la porqueria y la suciedad por nosotros,
Porque ellos bailan y saltan por nosotros,
Porque ellos nos tienen miedo y respeto,
Porque ellos se quitan el sombrero ante nosotros,
Porque ellos se hacen culpables por nosotros,
Porque ellos extienden tres dedos (juran) por nosotros,
Porque ellos pasan hambre y frio por nosotros,
Porque ellos viven y mueren por nosotros,
Porque ellos significan el cielo en la tierra para nosotros,
Porque ellos se dejan castigar por nosotros,
Querido Dios, solo tu sabes, cuanto dependemos de los locos y tontos,
Ayúdanos y evita que ellos se extingan
Amen.

Übertragung ins Ukrainische
von

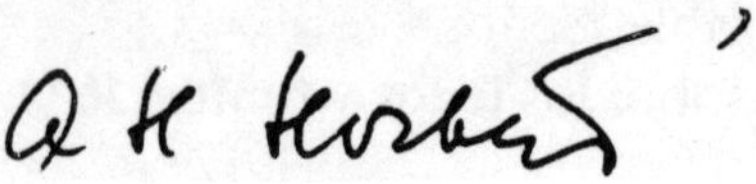

Anna-Helja Horbatsch

Єктенія

Господи, ми дякуємо Тобі,
будь нам і дальше милостивим, Боже.
Отче Небесний, держи свою руку над нами
і юродивих на нашій землі охорони.
Тих, що за нас відповідають,
тих, що ради нас жар виймають з вогню,
тих, що ради нас руку в вогонь пхають,
тих, що за нас тяжко гарують,
тих, що за нас свої голови покладають,
тих, що за нас чистоту тримають,
тих, що за нас сміття і гній виносять,
тих, що за нас танцюють і скачуть,
тих, що нам честь і шану віддають,
тих, що перед нами кланяються,
тих, що за нас вину на себе беруть,
тих, що за нас пальці до клятви піднімають,
тих, що за нас голодують та мерзнуть,
тих, що за нас живуть та вмирають,
тих, що нам небо на землі означають,
тих, що за нас погибають.
Господи Боже, Ти знаєш,
як сильно ми на юродивих здані,
змилуюся, Господи
і не дай, Бога ради, їм вигинути,
амінь.

На українську мову переклала
Анна-Галя Горбач

Übertragen in Vaalser Mundart (Niederlande)
(Gruppe: Ripruarisch-Fränkisch)

Hans Hermans

LITTENEJ

Heer, vuur danke Diesj!
Bis ós wieër zoë jnädesj Heer!
Jot i jene himmel, houw Dieng haank uvver höön –
Besjuts die dulle op jen ëät
Die nit doveur kunne dat vuur zoeh zunt
Die vur - ós de koale oehs't vuur hoale
Die vur - ós de haank in 't vuur lëäje
Die vur - ós dursj 't vuur junt
Die vur - ós 't sjwoar werk deunt
Die vur - ós der kop hinhouwe
Die vur - ós der sjtroonks en drek vëäje
Die vur - ós daanse en sjpringe
Die vur - ós angs haant
Die vur - ós der hót aafdeunt
Die vur - ós sjuldesj wëäde
Die vur - ós dreej vingere hoehchhouwe
Die vur - ós hungere en kouw lieje
Die vur - ós lëäve en sjterve
Die vur - ós der himmel op ëät betseesjene
Die vur - ós dra jleuve musse –
Leave Heer, doeh weez,
wie vur op die dulle ajjewëäze zunt;
erberm Diesj
en lot ze um Joddes-wil nit oehssjterve,
AME

Übertragen in Remscheider Mundart
von

Margret Hild

Margret Hild

Litane'i

Heär, vir danken Derr,
böß us widdersch su gnedeg, Heär!
Gott em Hemmel, haul Deng Hangk üöwer se,
beschötz de Dollen op Eäd
die nit doförr können, dat vir su sind,
die förr us de Kohlen ut em Füör holen,
die förr us de Hangk en't Füör legen,
die förr us duot't Füör goannt,
die förr us de schwoar Arbet doannt,
die förr us dänn Kopp henhaulen,
die förr us dänn Mest on Dreck fegen,
die förr us dangßen on sprengen,
die förr us vö us Angs on Respekt hannt,
die förr us en Huot trecken,
die förr us schuoleg weären,
die förr us drei Fengeren hewen,
die förr us schmaiten on früsen,
die förr us lewen on sterwen,
die förr us dänn Hemmel op Eäd bedüden,
die förr us dran glüöwen mötten.
Li'ewen Gott, Du wi'eß,
daffer op de Dollen aangewi'esen sind;
erbarm Dech
on loot se öm gottswellen nit utsterwen.
Amen

Übertragen in Düsseldorfer Altstadt Platt
von

Ernst van Holt

Häär mer danke Disch
Bes ons wieder so jnädisch Häär
Jott im Himmel halt dinn Hank öwwerse
beschötz die Dolle op de Ähd
die nix doför könne, datt mer so sint
die för ons de Koole ussem Füer hoole
die för ons de Hank innet Füer läje
die för ons durch et Füer jonnt
die för ons die schwere Arbitt donnt (brassele)
die för ons dr Kopp hinhalde
die för ons dr Mest on Dreck fäje
die för ons danze on sprenge
die för ons vöör ons Kamasche hant
die för ons dr Hoht trecke
die för ons scholdisch wähde
die för ons drei Fenger hochhähwe
die för ons hongere un frehre
die för ons lähwe on sterwe
die för ons dr Himmel op de Ähd bedühde
die för ons dran jlöhwe mösse
Leewe Häär, Du wehß
wie mer op die Dolle ahnjewiese sint;
Erbarm Disch
on lot se om Joddes Welle nit uhssterwe
Amen

Wiener Neustadt

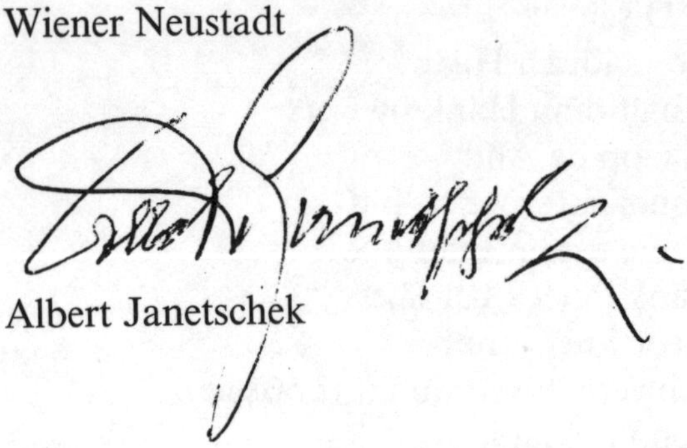

Albert Janetschek

Liddanei

Heagodd mia daungn Da
bleib uns olaweu gewoogn Hea
Himöfadda giass aus Dein Segn iwa de
de Dein bsundan Schuzz brauchn
de nix dafia kenan das ma so san wia ma san
de fia uns d Haund ins Feia legn
de fia uns duachs Feia gengan
de fia uns haggln und barawan
de fia uns ian Schedl hihoedn
de unsan Dreg und unsan Misd zaumkean
de fia uns daunzn und schbringan
de fia uns fua uns Reschbeggd und Schiss hom
de fia uns ian Huad oneman
de fia uns a Dummheid mochn
de fia uns eidredn mid an Schwua
de fia uns hungan und frian
de fia uns lem und schdeam
de fia uns olas san da Himö auf Eadn
de fia uns draufzoen
liawa Godd du waasd scho
wia ma grod auf de ole augwiisn san
hob an Eisegn mid eana
und loss s um Goddswün ned ausschdeam
Aamen

Ins Russische übertragen
von

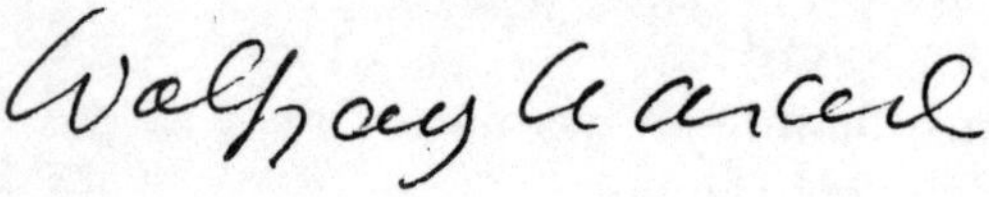

Wolfgang Kasack

ЛИТАНИЯ

Господь, Тебя благодарим
помилуй нас и впредь, Господь!
Отец Небесный, удержи над ними руку
и сохрани блаженных на Земле
тех, кто за нас не может отвечать
кто угли вынимает из огня
кто ради нас огню ладонь протянет
кто ради нас проходит сквозь огонь
кто ради нас все тяготы труда
кто ради нас на плаху головой
кто ради нас рад чистить грязь и мусор
кто ради нас кривляется и пляшет
кто ради нас пред нами в страхе и почтеньи
кто ради нас приподымает шляпу
кто ради нас становится виновным
кто ради нас клянется троеперстьем
кто ради нас дрожит и голодает
кто ради нас живет и умирает
кто ради нас погибнуть обязался
и обозначить Небо на Земле.
Ты, милостивый Боже, знаешь:
мы не в силах обходиться без блаженных
помилуй нас
но этих ради Бога избавь от вымирания.
Аминь.

Перевод на русский язык
Вольфганга Казака

Moselfränkisch (Gegend von Bouzonville, Lothringen)

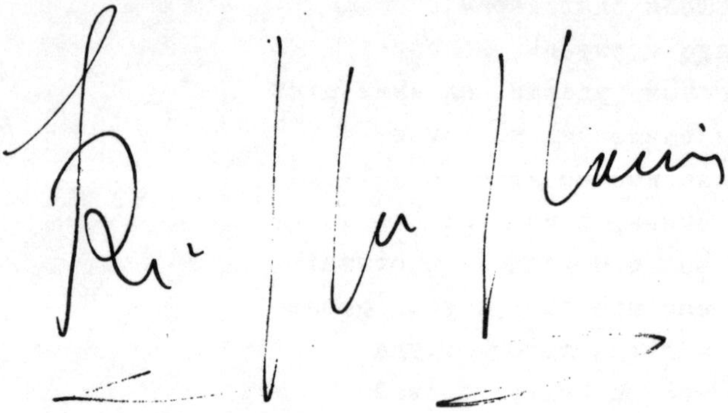

Jean Louis Kieffer

Laier

Häar, mir saan Der merci,
bleiw us weider sou gnädich, Häar!
Gott im Himmel, hal Dein Hand iwwer se
Pass of de Verstéerten of, of der Welt
wou neischt dafuer kannen, datt mer sou sén
wou us de Kohlen aus em Feier holen
wou fou us de Hand in't Feier leen
wou fou us de schwer Earwet machen
wou fou us den Kopp hinhalen
wou fou us Méscht un Dreck wechmachen
wou fou us hupsen un spréngen
wou fou us Angscht un Reschpekt hann
wou fou us de Kapp ausdoun
wou fou us scholdich gén
wou fou us drei Fénger héichhéwen
wou fou us Honger un Kält leiden
wou fou us lewen un stäerwen
wou fou us der Himmel of Eerden sén
wou fou us draan gläwen mußen
Léiwer Gott, Dau wääscht,
wéi mir of de Verstéerten aagewiss sén,
erbarm Deich
un loß se im Gottes Wéllen nét austäerwen.
Amen.

Übertragen ins Russische
von

Lew Kopelev

Господи! Мы благодарны тебе,
Будь и впредь, Господи, к нам милостлив!
Руку свою простирай,
Защити безумцев на этой земле.
Тех, кто неповинен в том, что стали такими
Кто за нас угли из огня таскает,
Кто за нас руку в огонь кладет,
Кто за нас в огонь идет,
Кто за нас трудится тяжко,
Кто за нас мусор и грязь убирает,
Кто за нас подставляет свою голову,
Кто за нас пляшет и скачет,
Кто за нас и нас боится и почитает,
Кто за нас обнажает голову,
Кто за нас становится должником,
Кто за нас присягает,
Кто за нас голодает и мерзнет,
Кто за нас живет и умирает,
Кто для нас творит рай земной,
Кто за нас погибает,
Боже милосердный, ты знаешь,
Как мы от безумных зависим;
Смилуйся,
Не дай им вымереть, ради Бога!
Аминь!

Nachdichtung in slowenischer Sprache
von

Andrej Kokot

Litanije

Gospod hvala Tebi
Spet si milosti poln za nas gospod
Bog v nebesih s svojo roko jih varuj
Varuj te uboge hudiče
ki nič ne morejo zato da smo taki
ki za nas po kostanj v žerjavico hodijo
ki za nas roko v ogenj držijo
ki za nas skozi ogenj gredo
ki za nas težko delo opravljajo
ki za nas glavo nastavljajo
ki za nas gnoj in blato pometajo
ki za nas plešejo in skačejo
ki za nas pred nami veljavo imajo
ki za nas klobuk nosijo
ki za nas krivico prenašajo
ki za nas tri prste dvignejo
ki za nas gladujejo in zmrzujejo
ki za nas živijo in umrejo
ki za nas nebesa na zemlji pomenijo
ki za nas morajo v to verjeti
Ljubi gospod saj veš kako smo
od njih odvisni – usmili se
in jih za božjo voljo ne pusti izumreti
Amen

Übersetzung ins Polnische
von

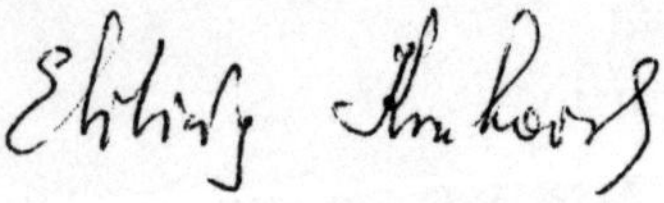

Elżbieta Krukowska

Litania

Panie, dziękujemy Ci.
Bądź dla nas nadal tak łaskaw Panie!
Boże w niebie, włoż swe ręce na szalenców tego świata
i strzeż ich.
Tych, którzy nie są temu winni, że jesteśmy, jacy jesteśmy
którzy dla nas wyciągają kasztany z ognia
którzy dla nas wkładają palce między drzwi
którzy poszliby za nami w ogień
którzy za nas ciężko pracują
którzy za nas nadstawiają głowę
którzy za nas wykonują brudną robotę
którzy dla nas tańczą i skaczą
którzy boją się nas i mają przed nami respekt
którzy przed nami chylą kapelusza
którzy za nas przyjmują na siebie winę
którzy za nas składają przysięgę
którzy dla nas cierpią głod i chłód
którzy dla nas żyją i umierają
którzy są dla nas niebem na ziemi
którzy dla nas muszą w to wierzyć.
Dobra Boże, Ty wiesz,
jak bardzo jeśtesmy skazani na tych szaleńców.
Ulituj się
i nie dozwól na Boga, aby wymarli.
Amen.

Übertragen ins Amerikanische
von

Peggy Little

LITANY

Oh Lord, we are grateful!
Forever be so gracious, Lord!
Heavenly Father, extend Your hands over those
on this earth who are less fortunate,
over those who are helpless before us
–because we are what we are –
over those who bear the coals from the fire for us
over those who bear the burns on their hands for us
over those who tread the coals in flames for us
over those who sweat in labor for us
over those who bow their heads to the ground for us
over those who scrub away the filth for us
over those who dance to our every tune for us
over those who shy away from us in fear or need to honor us
over those who bare their heads for us
over those who bear our sins for us
over those who'd swear on their lives for us
over those who starve and bear the cold for us
over those who sacrifice their lives for us
over those who create our paradise on earth for us
over those who have to keep their faith for us
Dear Lord, You in all Your wisdom know
of our undying need for those less fortunate;
take pity on us
and, for the love of God, grant them here eternal life.
Amen.

Übertragen in die Krefelder Mundart
von

Pfr. Hermann Lunkebein

Litanei

Heär mer danke Dech
bös os wieer sou jnädig Heär
Jott em Hiemel halt Dinn Hank üewer se
beschötz die Dolle op Eäde
die neeit dofüer könne dat mer esou send
die füer os de Kuohle uut et Füer hoale
die füer os de Hank en et Füer lägge
die füer os duor et Füer jonnt
die füer os de schwoaren Ärbet donnt
die füer os de Kopp hinnhalde
die füer os Driet on Dreck feäje
die füer os danze on sprenge
die füer os vüer os Strang häbbe
die füer os den Hoot träcke
die füer os schöldig weäde
die füer os dreei Fenger huochheäwe
die füer os hongere on frieere
die füer os leäve on sterve
die füer os dän Hieemel op Eard bedüje
die füer os draan jlüewe mödde
leeven Heär Dou wittß wie mer op die Dolle
aanjewieese send – erbarm Dech on lott se
öm Joddes Welle neeit uutsterve.
Amen.

Übersetzung ins Litauische
von

Arvydas Makštutis

Litanija

Dėkui Tau, Viešpatie,
būk ir toliau mums toks maloningas, Viešpatie!
Dieve, kuris esi danguje, ištiesk savo ranką virš jų
apsaugok šios žemės pamišėlius
kurie tikrai nekalti, kad tapome tais,
kurie dėl mūsų rankomis ima anglis iš ugnies
kurie dėl mūsų nebijo nudegti
kurie dėl mūsų pereina ugnį
kurie dėl mūsų sunkiausius darbus dirba
kurie dėl mūsų viskam pasiryžę
kurie dėl mūsų pašalina purvą ir šiukšles
kurie dėl mūsų šokinėja ir šoka
kurie dėl mūsų bijo mūsų ir gerbia mus
kurie dėl mūsų nusiima kepures prieš mus
kurie dėl mūsų kaltina save
kurie dėl mūsų turi prisiekti
kurie dėl mūsų badauja ir šąla
kurie dėl mūsų gyvena ir miršta
kurie mums reiškia dangų žemėje
kurie juo turi tikėti
Dieve mano, Tu žinai,
kad mes negalim gyvent be pamišėlių
būk gailestingas
ir neleisk jiems išmirti, dėl Dievo meilės.
Amen

Übertragen ins Bulgarische
von

Ангелина Мицева

Angelina Miceva-Ignatova

Литания

Господи, благодарим Ти!
бъди към нас и в бъдеще тъй милостив, Владико!
Боже Небесни, задръж ръката си над тях, лудите,
закриляй ги на земята:
тези, които не са виновни в нищо, че ние сме такива
които заради нас от огъня изваждат въглени
които заради нас ръката си във огъня поставят
които заради нас през огъня минават
които заради нас поемат тежък труд
които заради нас полагат глава на отсечение
които заради нас измитат смет и мръсотия
които заради нас танцуват и подскачат
които заради нас към нас изпитват страх и почит
които свалят шапка вместо нас
които заради нас виновни стават
които заради нас се кръстят и кълнат
които заради нас гладуват и студуват
които заради нас живеят и умират
които заради нас запечатляват небето на земята
които заради нас са длъжни да вярват във това.
Мили Боже, Ти знаеш,
как много сме зависими от лудите;
смили се
и не ги оставяй, за Бога, да измрат.
Амин.

Превод на български език
Ангелина Минчева-Игнатова

Übertragen ins Slovenische
von

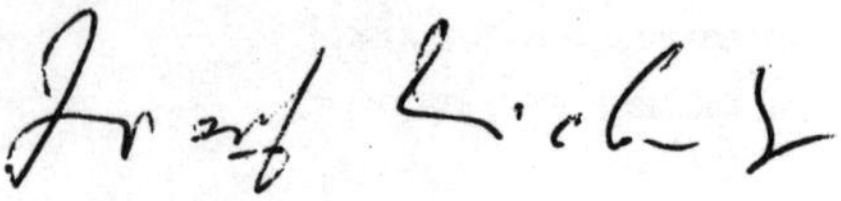

Jozef Mistrík

Litánie

Bože náš, docrorečíme Ti
buď k nám vždy milostivý pane!
Otče na nebesiach, ochraňuj chudobných duchom na zemi
a drž nad nimi ochrannú ruku
nad tými, ktorí za nás nemôžu
ktorí za nás uhlíky z ohňa vyberajú
ktorí za nás ruku do ohňa kladú
ktorí za nás do ohňa skáču
ktorí za nás všetky ťažkosti znášajú
ktorí za nás chrbát držia
ktorí za nás výkaly a bahno vymetajú
ktorí za nás plesajú a krepčia
ktorí za nás klobúk snímajú
ktorí za nás vinu na seba berú
ktorí za nás prsty na prísahu dvíhajú
ktorí za nás hladujú a mrznú
ktorí za nás žijú a zomieerajú
ktorí za nás nebom na zemi sú
ktorí za nás na to všetko myslieť musia.
Milostivý bože, Ty vieš:
bez nich sa nemôžeme zaobísť.
Buď milostivý
a nedaj im zahynúť.
Amen.

Baskisch

Ana Mª Ansa Munduate

KANPO-HARREMAN ETA PROTOKOLORAKO ARDURADUNA

Letania

Jauna, eskerrak ematen dizugu!
gyurekin hain eskuzabala izawaz jarrai ezazu, Janna!
Janna zeruetan zarena, zure eskua haingan jar ezazu
lurrean duden eroak zaindu itzazu
gu honela izateaz errurik ez dutenak
guregatik gaztainak sutik ateratzen dituztenak
guregatik eskuak sutan ipiatzen dituztenak
guregatik gar gainean ibiltzen direnak
guregatik lan gogavia egiten dutenak
guregatik lepoa arnskuan jartzen dituztenak
guregatik zikinkeria ete kondariak garbitzen dituztenak
guregatik dantza ete salto eegiten dutenak
guregan bildurra ete errespeto dutenak
gure aurrean trapela kentzen dutenak
gurefatik errudunak egiten direnak
gurefatik libun santuan aitortzen dutenak
gurefatik gotea ete egarria dutenak
gurefatik bizi ete hiltzen direnak
zeruan gaudnongatik
guregatik plater hautsiak ordaintzen dituztenak
ene Jaungorkoa, badakizu
eroen menpean gaudela
erruki zaitez
ete, mesedez Jaungoikoa, ez utzi desagertz daitezen
Hala bedi.

Übersetzung ins Französische
von

Sylvie Reff

Sylvie Reff

Litanie

Merci mon Dieu merci
d'avoir encore pitié de nous
Dieu du ciel, étends ta main sur eux
protège les pauvres fous sur terre
ceux qui n'y peuvent rien si nous sommes ainsi
ceux qui tirent les marrons du feu pour nous
ceux qui mettent la main au feu pour nous
ceux qui traversent le feu pour nous
ceux qui se tapent tout le boulot pour nous
ceux qui ramassent les taloches pour nous
ceux qui enlèvent toutes les saletés pour nous
ceux qui dansent et sautent pour nous
ceux qui ont pour nous le respect et la crainte
que nous n'avons pas pour nous-même
ceux qui ôtent leur chapeau pour nous
ceux qui prennent sur eux nos fautes
ceux qui vont jurer pour nous
ceux qui ont faim et froid pour nous
ceux qui vivent et meurent pour nous
ceux qui sont le ciel sur la terre pour nous
ceux qui croient dur comme fer pour nous
mon Dieu tu sais bien combien entiérement
nous dépendons de ces pauvres fous
aie pitié
et au nom du ciel
ne les laisse pas dépérir.

Norwegisch

Tove-A. Rossow

Tove-Alice Rossow

Herre, vi takker deg
vor oss alltid nädig, Herre!
Gud i himmelen, hold din hånd over oss
beskytt de sinnsforvirrede (Gale) på jorden
som ikke kan gjøre rooe med at de ek slik
som henter kull fra ildstedet
som legger sin hånd i ilden
som går gjennom ild for oss
som gjør hardt arbeid for oss
som vil ofre sitt hode for oss
som vil feie bort smuss og avfall
som vil danse og løpe for oss
som har angst og respekt for oss
som tak av seg hatten for oss
som vil vare skyldige overfor oss
som vil sverge for oss,
som vil sutte og fryse for oss
som vil leve og dø for oss
som vil mene at himmelen er på jorden
som må tro på alt dette for oss
Kjore Gud, du vet
hoordan vi er overlatt til de gale:
forborm deg
og la dem for Gud's skyld ikke dø ut.
Amen.

Ins Schwedische übertragen
von

Hege Cäcilie Dellby-Rossow

Hege Cecilie Dellby-Rossow

Litanei

Herre, vi tackar Dig
var oss evigt nådig, Herre
Gud i Himmelen,
Hål Din Hand över oss
Skydda de förvivlade Människor som
finns här på jorden, som ej kan
rå för att de är sådana
såatt dom hämtar kol från Elden
lägger sin Hand i Elden
som går gengm Elden för vår skull
som arbetar hårt för vår skull
som vill offra sitt huvud för vår skull
som vill Borsta Bort all smits och skräp
som vill hoppa och dansa för oss
som fiar Ångst och Respekt för oss
som tar av sig sin Hatt för oss
som vill Böga vår skuld
som vill suära för vår skull
som vill svälta och frysa för vår skull
som vill leva och dö för vår skull
som tycker alt Himmelen äs en Plats på jorden
som måste tro på allt detta för vår skull
käre gud, Du vet huvvi är
öveslâm nade till dessa för vivvade Människor
För barma Dig, låt de förr Guds skull inte dö ut

Amen

Rumänischer Dialekt aus Heltau

Familie Seimann

Familie Seimann

Litanie

Doamne, ție îți mulțumim
Fi și mai departe milostiv, Doamne
Dumnezeul nostru in cer, ține mìinile tale asupra noastră
Ocrotește pe cei nebuni (sarăci) pe acest pămìnt
Pe cei care nu pot face nimic, fiindcă noi sìntem așa
Pe cei care scot din foc cărbuni pentru noi
Pe cei case își ard mìinile pentru noi în foc
Pe cei care merg prin foc pentru noi
Pe cei care fac munca cea grea pentru noi
Pe cei care își țin capul propriu pentru noi
Pe cei care curăță murdăria și mizeria pentru noi
Pe cei care danseazǎ și săr pentru noi
Pe cei care au frică și respect de noi
Pe cei care își iau pălria din cap in fața noastră
Pe cei care sînt invinovățiți pentru noi
Pe cei care trebuie să jure cu degetele ridicate pentru noi
Pe cei care rabdă de foame și frig pentru noi
Pe cei care trăiesc și mor pentru noi
Pe cei care pentru noi sînt cerul pe pămint
Pe cei care sînt petepsiți cu moartea pentru noi
Doamne tu ști, cît depindem noi de acești nebuni
Fieți milă
Și lasăi cu bunăvoința ta soa trăiască, să nu dispară
Amen.

Dialekt von Neustadt a. d. Weinstraße

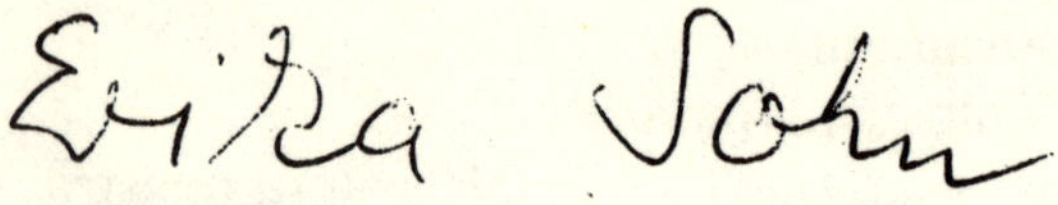

Erika Sohn

In eener Dour

Liewer Gott, mir duhn Dir dankschää sache
bleib uns stännich gut un loß uns net verkumme
Gell, halt doi Hand iwwer se
un b'schitz die Simbel uff de Welt
Die wu nix defor kenne daß mer so sin
Die wu fer uns die heiße Eise aus em Feier hole
Die wu fer uns ihr Hand ins Feier leche
Die wu fer uns durchs Feier laafe
Die wu fer uns wuhle un sich abraggere
Die wu fer uns ihrn Schwelles hiehewe
Die wu fer uns springe un sich verrobbe
Die wu fer uns de Dreck ewegbutze
Die wu fer uns bibbere un Schiß hän
Die wu fer uns de Hut abnemme
Die wu fer uns Schuld uff sich lade
Die wu fer uns en Eid leischde
Die wu fer uns friere un Kohldampf schiewe
Die wu fer uns lewe un abkratze
Die wu fer uns e Stickel Himmel uff de Erd sin
Die wu fer uns draa glaawe missen
Liewer Gott, du wäscht wie mir uff die Simbel
a(n)gewiese sin, gell denk draa un erbarm dich
losse um Gotteswille jo net ausschderwe
Aamen

Übertragen in den Nidwaldner Dialekt
von

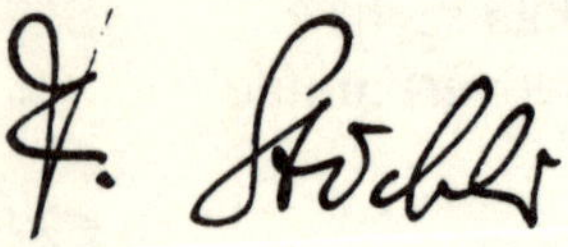

Felix Stöckli

Litanii

Her, miär dankid Diär
Bliib iis wiiter eso gnäädig, Her!
Gott im Himu, häb Dii Hand uber iis
Bhiät diä Dumme hiä unne
wo niid drfiir chenid, as miär eso sind
wo fir iis dChole zum Fiir uise chluibid
wo fir iis dHand is Fiir leggid
wo fir iis dur sFiir gand
wo fir iis diä schwäär Arbet machchid
wo fir iis de Chopf ane-häbid
wo fir iis de Dräck machchid
wo fir iis tanzid und gumpid
wo fir iis sich vor iis duckid
wo fir iis de Hued lipfid
wo fir iis a allem tschuld sind
wo fir iis drii Finger uifhäbid
wo fir iis Hunger und chald hend
wo fir iis läbid und stärbid
wo fir iis de Himu uf Ärde bediitid
wo fir iis miänd dra glaibe
Liäbe Gott, Dui wäisch:
Miär bruichid diä Dumme
Häb Erbarme
und lach si ums himusgottswille nid la uisstärbe
Amen

Übertragen in Schevenhütter Mundart
von

M. Strauch

Maria Strauch

Litanei

Heär, me donnt os och bedanke,
ömme net, Du bes os wigger esu jnädig, Heär
Jott em Hemmel, halt deng Hank övver se
Beschötz de Jecke op de Eäd
Die nüüß dofür könne, dat mr esu send
Die för os de Koohle us et Füür holle
Die för os de Hank en et Füür läge
Die för os dörch et Füür jonnt
Die för os dat schwoor Werk donnt
Die för os dr Strongs on Dreck fäge
Die för os danze on sprenge
Die för os Kadangs hand
Die för os der Hoot träcke
Die för os schöldig wädde
Die för os drey Fengere huchhevve
Die för os hongere on friere
Die för os läve on stärve
Die för os dr Hemmel op de Eäd bedögge
Die för os dra jlöve mösse –
Leeve Heär, jömmisch nee, Du weeß,
dat mer op se allemool aajewesse send
donn Dich erbarme
on loss se öm Joddes Weelle net usstärve.
Ame

Übertragen in die Mundart von Eupen
von

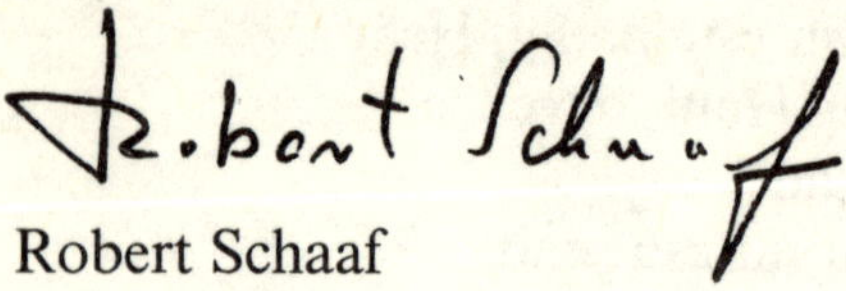

Robert Schaaf

Litané

Hähr, vehr danke Diech
Bliev ohs wiher esu gnedeg, Hähr!
Gott ägene Hömmel, haut Dinn Haint över hönne
Bescherm di Döll (Verrögde) op gen Wailt
Di neht davör könne, dat vehr esu sönnt
Di vöhr ohs de Kohle utje Vühr hohle
Di vöhr ohs de Haint äge Vühr lehge
Di vöhr ohs dörch je Vühr gönnt
Di vöhr ohs et schwohr Werk dönnt
Di vöhr ohs d'r Kopp hähnhauwe
Di vöhr ohs d'r Straunt än Dreck fehge
Di vöhr ohs danze än Spränge
Di vöhr ohs Schröppel än Kadanz hannt
Di vöhr ohs d'r Hoht trecke
Di vöhr ohs schöldeg wärde
Di vöhr ohs drej Vengere huhchhehve (ne Eht dönnt)
Di vöhr ohs Honger -lihe än vrehse
Di vöhr ohs lehve än sterve
Di vöhr ohs d'r Hömmel op Ärd bedüje
Di vöhr ohs drahn glöve motte
Lehve Hähr! Do wees
Wi vehr op di Döll ahngewese sönnt
Erbarm Diech
Än lott se öm Hömmel'swell neht uhtsterve
AMEN

Übertragen in die Mundart
von Setterich / Eifel
von

P. Stephan Schmitz

Litanei

Här, mir danken Dir
säi uss wäide su tusch, Här!
Jott em Himmel, hahl Däin Dnah üwwe se
beschütz dee Dolle off de Ärd
dee nix dofür können, dat mir esu säin
dee für uss de Nelokke aus em Reuef holle
dee für uss de Dnah en et Reuef läje
dee für uss durch et Reuef hin
dee für uss de restewsch Ärwet schaame
dee für uss de Kopp hinhahle
dee für uss de Dreck fäjen
dee für uss znatte on gnirpse
dee für uss bang säin on Manschette han
dee für uss de Tuh zäje
dee für uss schöllesch wären
dee für uss dräi Regnife strecke
dee für uss Regnuh han on verkahlen
dee für uss leewen on sterwen
dee für uss de Himmel off de Welt säin
dee für uss dran jelöhwe mößen
Leewe Jott Dau wäß,
bee mir off dee Dolle anjewisse säin;
erbarm Desch
on loß se öm Jottes Welle net aussterwe.
Amen.

Übertragen in die Mundart von
Burkhardtsdorf/Erzgebirge
von

Gertraud Schramm

Gertraud Schramm

Herr, wir danken Dir
sei uns wedder so gnädich, Herr!
Gott im Himmel, halt dei Hand iber se
beschitz de Dolln (Verrickten) of Arden
die nich drfür könn, daß mer su sei
die für uns die Kuhln ausn Feier huln
die für uns die Hand ins Feier legn
die für uns dorchs Feier gieh
die für uns die schware Arbet tu
die für uns dan Kopp hihaln
die für uns dan Urat und Drack fegn
die für uns danzn und spring
die für uns Angst und Respekt hom
die für uns dan Hut zihe
die für uns schuldich warn
die für uns drei Finger huchhebn (schwörn)
die für uns hungern und frieem
die für uns laabn und sterbn
die für uns dan Himmel auf Arden bedeiten
die für uns dra glabn missen
Lieber Gott, Du wesst,
wie mer of die Dolln agewiesen sei;
erbarm dich
und loß se im Gottes Willn nich aussterbn.
Amen.

Ins Ungarische [nicht mundartlich] übertragen
von

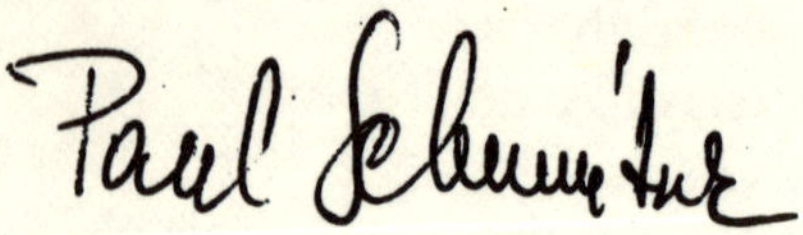

Pál Schweitzer

Litánia

Uram, köszönjük jóságodat
légy hozzánk, Uram, továbbra is kegyes
Istenünk az égben, tartsd kezedet föléjük
óvd együgy Üidet a Földön
akik nem tehetnek róla, hogy ilyenek vagyunk
akik kikaparják nekünk a gesztenyét a tözból
akik tözbe teszik a kezüket értünk
akik tözbe mennek értünk
akik végeznek helyettünk nehéz munkát
akik felfogják a nekünk szánt ütéseket
akik eltakarítják helyettünk a szennyet és a mocskot
akik táncolnak és szökellnek helyettünk
akik félnek és tisztelnek bennünket
akik kalapot emelnek el Öttünk
akik értünk válnak b Ünösökké
akik esküsznek ránk
akik értünk éheznek és fáznak
akik értünk élnek és halnak
akik nekünk mennyországgá teszik a Földet
akiknek mindebben hinniük kell értünk
jóságos Istenünk, Te tudod,
milyen nagy szükségünk van az együgy Üekre
könyörülj rajtuk
és az Isten szerelmére ne hagyd kipusztulni Öket.
A'men.

Übertragen in Kölner Mundart
von

Ludwig Thiesen

Litanei

Här, mer danken Dir]
Bes uns wigger su jnädig, Här!
Jott em Himmel, halt Ding Hand üvver se
Beschötz die Dolle op d'r Ääd
die nit dofür künne, dat mer su sinn
Die für uns de Kolle us dem Füür holle
Die für uns de Hand en et Füür läje
Die für uns durch et Füür jonn
Die für uns die schwere Arbeit dunn
Die für uns d'r Kopp hinhalde
Die für uns d'r Dress und Dreck fäje
Die für uns danze und springe
Die für uns vür uns Strank han
Die für uns d'r Hot träcke
Die für uns schöldig wäde
Die für uns drei Finger huhhevve
Die für uns hungere und friere
Die für uns levve und sterve
Die für uns d'r Himmel op Äd bedügge
Die für uns dran jlöve müsse
Leeven Här, Du weiß,
wie mir op die Dolle aanjewiese sinn
erbarm Dich
un loß se öm Joddes Welle nit ussterve,
Amen

Übertragen ins Serbische
von

Nikoli Uroševic´

Nikoli Uroševic´

ЛИТАНИЈА

ГОСПОДЕ, МИ ТИ СЕ ЗАХВАЉУЈЕМО
БУДИ НАМ И ДАЉЕ ТАКО МИЛОСТИВ
БОЖЕ НА НЕБЕСИМА, ПОЛОЖИ ТВОЈУ
РУКУ НА ЊИХ,
ЗАШТИТИ ЛУДАКЕ НА ЗЕМЉИ,
КОЈИ НИСУ КРИВИ, ДА СМО ТАКВИ,
КОЈИ ЗА НАС УГАЉ ВАДЕ ИЗ ВАТРЕ,
КОЈИ ЗА НАС РУКУ У ВАТРУ СТАВЕ,
КОЈИ ЗА НАС ИДУ КРОЗ ВАТРУ,
КОЈИ ЗА НАС ДАЈУ ГЛАВУ,
КОЈИ ЗА НАС БУБРЕ И БЛАТО МЕТУ,
КОЈИ ЗА НАС ИГРАЈУ И СКАЧУ,
КОЈИ ЗА НАС И ОД НАС СТРАХ И
РЕСПЕКТ ИМАЈУ,
КОЈИ ЗА НАС ПОЗДРАВОМ СКИНУВШЕ
ШЕШИРЕ,
КОЈИ ЗА НАС ПОСТАЈУ КРИВИ,
КОЈИ ЗА НАС ДИЖУ ТРИ ПРСТА,
КОЈИ ЗА НАС ЖИВЕ И УМИРУ,
КОЈИ ЗА НАС ЗНАЧЕ РАЈ НА ЗЕМЉИ,
КОЈИ ЗА НАС СТРАДАЈУ.

ДРАГИ БОЖЕ, ТИ ЗНАШ,
ДА СМО ЗАВИСНИ О ТИМ ЛУДАЦИМА.
СМИЛУЈ СЕ,
И ЗА БОГА МИЛОГА, НЕМОЈ ДА ИЗУМРУ.

АМИН

Tschechisch
von

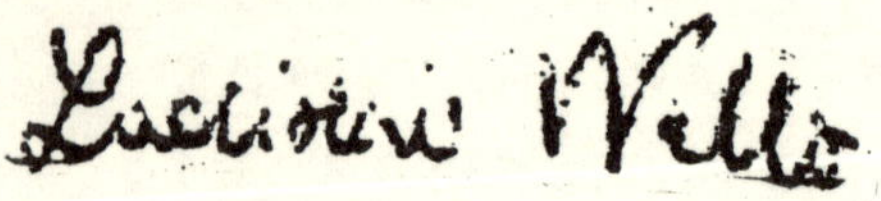

K. M. Walló †

LITANIE

Pane dekujeme Ti
bud nám nadále milostiv.ó Pane!
Boze na nebi.drz nad nimi svoji ruku
ochranuj tyblázny na zemi
kter! nemohou za to.ze jame takov!
kter! za nás uhl! z ohne vytahuj!
kter! za nás ruku do ohne daj!
kter! za nás ohnem procházej!
kter! za nás tezkou práci konaj!
kter! za nás krk nastavuj!
kter! za nás nerád a svinstvo ukl!zej!
kter! za nás pro nás tanc! a poskakuj!
kter! pred námi strach a úctu maj!
kter! pred námi smekaj!
kter! za nás viny na sebe berou
kter! za nás tremi praty pr!sahaj!
kter! za nás hladovej! a urznou
kter! pro nás nebe na zemi znamenaj!
kter! kvuli nám na to verit mus!.
Mily Boze Ty v!s
jak jsme na tyto blázny odkázáni
smiluj se
a proboha jim nedej vyhynouti.
Amen

Übertragen ins Luxemburgische
von

Norbert Weber

Litanei

Här, mir son dir merci
meng et viru gutt mat eis!
O du do uewen, hal déng Hand iwert se
iwert s'alleguerten heinidden
déi se nët all hun
déi nët derfir kënnen, datt mir sou sin
déi fir eis d'Pan klaken
déi fir eis d'Hand an d'Feier lëen
déi fir eis duurch d'Feier gin
déi sech fir eis schënnen
déi fir eis de Kapp duerhalen
déi fir eis de Wouscht ewech man an de Knascht
déi fir eis danzen a sprangen
déi fir eis Angscht hun vrun eis a Respekt
déi fir eis d'Kap zéien
déi fir eis schëlleg gin
déi fir eis d' Hand op d'Häerz leën
déi fir eis schnadderen an Honger schmëlzen
déi fir eis liewen a stierwen
déi fir eis den Himmel op der Äerd sin
déi fir eis drúglewe mussen.
O du do uewen, du weess,
wéi mir alleguerten
mir alleguer si brauchen
si alleguerten déi se nët all hun;
hief Matleed
a looss em Gottesbiddeswëllen
se nët ausstierwen.
Sou se'if et.

Übertragen in Hällisch-Fränkische Mundart
von

Dieter Wieland

Liddanai

Härr, mr dangga Dr
un blaib as gneedich, alsfôrd un alldriid, Härr!
Faddr im Hiiml, braad Dei Hend iwwr se,
lassn da Laaf, de Hiiradibbl uff Ärda
wu nix dafiir kenna, dass mir asou sann
wu fär as d Kôôla ausm Faiar holla
wu fär as d Hend ins Faiar läicha
wu fär as dôrchas Faiar giana
wu fär as nr Dreegsärwad duana
wu fär as da Griind nouhäiwa
wu fär as s Bezzich droocha un sammla da Kuddr
wu fär as danza un schbriinga
wu fär as fôr as Engschd hewwa un schniizbugglich barma
wu fär as da Huad luubfa
wu fär as Maleeschda griacha
wu fär as an Aad ouläicha (un sais a Meinaad)
wu fär as laida an Huungr un Keld
wu fär as leewa un schdärwa
wu fär as Hiiml un Ärd sann glaichfill
wu fär as drou glaawa miasa –
Liawr Goddfaddr, Du waasch,
wi mr se braucha, d Hiiradibbl;
ärbarm De
un lass se um Goddswilla nedd ausschdärwa.
OUMEN

Übertragen ins Griechische
von

KLIO ZAFRANA

Klio Zafrana

Δέηση

Κύριε, σε ευχαριστούμε
συνέχισε να μας ελεείς, Κύριε!
Θεέ στους ουρανούς, σκέπασέ τους με το χέρι Σου
προστάτευσε τους Απίθανους (τρελλούς) επί της γης
που δεν φταίνε που είμαστε έτσι
που βγάζουν το φίδι από την τρύπα για μας
που βάζουν το χέρι τους στη φωτιά για μας
που γίνονται θυσία για μας
που κουράζονται και ιδρώνουν για μας
που παίρνουν τα κρίματά μας στο λαιμό τους
που μαζεύν τα σκουπίδια και καθαρίζουν τη βρώμα για μας
που τρέχουν και δεν προφταίνουν για μας
που μας φοβούνται και μας σέβονται για μας
που βγάζουν το καπέλο για μας
που πέφτουν σε ενοχές για μας
που βάζουν το χέρι στο ευαγγέλιο (ορκίζονται) για μας
που πεινάν και κρυώνουν για μας
που ζουν και πεθαίνουν για μας
που σημαίνουν τον ουρανό επί της γης για μας
που γίνονται θύματα για μας
Θεούλη μου, ξέρεις
πόσο τους έχουμε ανάγκη τους Απίθανους·
λυπήσου μας
και κοίταξε για τ' όνομα του Θεού μη μας πεθάνουν.
Αμήν

Übertragen in Kroatisch
von

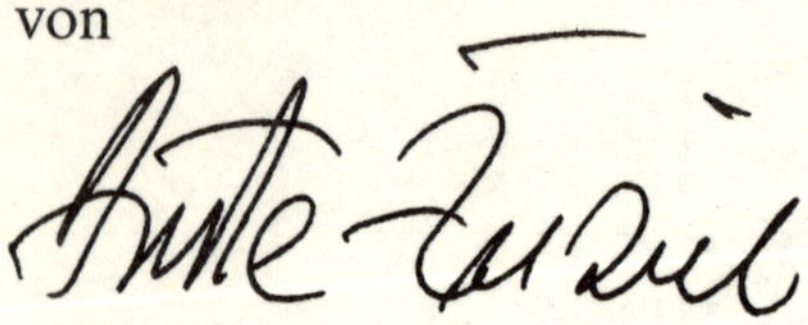

Ante Žužul

Molitva

Gospode, mi zahvaljujemo Tebi
da nam ostaneš takav milostiv, Gospode!
Bože na Nebu, drži svoju Ruku iznad njih
čuvaj Bezumnog na Zemlji koji ne može ništa
zato što smo mi takvi
koji za nas Ugljen iz Vatre vade
koji za nas stavljaju Ruku u Vatru
koji za nas idu kroz Vatru
koji za nas obavljaju težak Posao
koji za nas svoju Glavu stavljaju
koji za nas Smeće i Prljavštinu metu
koji za nas plešu i skaču
koji za nas Strah i Poštovanje imaju
koji za nas Šešir skidaju
koji za nas postaju krivi
koji za nas podižu svoja tri Prsta (i zaklinju se)
koji su za nas gladni i promrzli
koji za nas žive i umiru
koji za nas znače Nebo na Zemlji
koji za nas moraju baš tako vjerovati
Dragi Gospode Ti znaš,
kako smo zavisni od Bezumnih,
smiluj Se
i nedopusti da Božjom Voljom izumru.
Amen

Der „Dolle“

Zum vierten Mal nun zweiundfünfzig Fassungen der Litanei (jeweils ein Jahrespaket von Wochenrationen), dismal im Zeichen des neuen Europa. Brauchen die Texte ein Nachwort? – Nötig ist es keineswegs.

Wenn aber doch, nach dem Theologen im dritten Band, jetzt ein Philosoph zu Wort kommen soll/darf, dann möchte der nicht biographische oder literargeschichtliche Auskünfte geben, sondern einen inhaltlichen Wink. Er knüpft beim Schlußabsatz des letzten Nachworts an, um die Freunde der Litanei auf ein Ungesagtes im Gesagten hinzuweisen, das vermutlich wenigen bewußt ist, unterschwellig aber für den Text und seine große Wirkung von erheblichem Gewicht sein dürfte.

„Wer versteht schon noch, daß der ‚leev Häer‘ selbst zu den ‚Dolle‘ gehört?“, hat es am Ende jenes Nachworts geheißen. Zu diesem Verständnis hiermit ein Beitrag. Wieso nämlich wäre der „gnädig Häer“ selber ein Doller? – Rückfrage: Wer überhaupt ist doll, wann ist man dies? Ich rechne mit Zustimmung, wenn ich sage: Wer nicht das Mehr dem Weniger, wer nicht das Bessere dem Guten vorzieht, sondern umgekehrt sich auf das Minder-Gute versteift.

Eben dies aber getan zu haben und zu tun besagt *Schöpfung*. Denn tatsächlich ist unsere Welt mitnichten (wie es Gottfried Wilhelm Leibniz meinte) die bestmögliche. Wie gut oder weniger gut es um sie bestellt sei – und wie gut alles erst im Pardiese gewesen sein mag: stets könnte jegliches besser, buchstäblich grenzenlos besser sein, als es ist. So wie es zu jeder Zahl n eine Zahl $n+1+1+\ldots$ gibt, so könnte zum Beispiel ein noch so strahlend wissender und liebevoller Engel Gabriel „an sich“ noch lichter und glühender sein, als er sich so schon darstellt. Und wollte jemand einwenden, er wäre dann halt nicht mehr Gabriel, sondern ein anderes Wesen, so antworte ich: Es kommt darauf an, die Sache grundsätzlich zu nehmen. Formulieren wir also ganz allgemein: Zu jeder Welt mit herrlichsten Engeln (oder auch „Dollen“) wäre eine weitere nicht bloß denkbar, sondern – für die Allmacht – wirklich möglich, in der außer diesen edelsten Geschöpfen noch ein dreifach herrlicheres lebte.

Das aber ist mehr als ein Denk-Spiel. Es ist ernst und sachlich gemeint. Und nimmt man es ernst, dann hat es auch ernstliche Konsequenzen. Was nämlich folgt daraus für Welt und Leben? – Was die Christen als das „Törichte an Gott“ (1 Kor 1,25) verehren: daß der Sohn den Seinigen die Füße wäscht (Joh 13,3ff), um schließlich elend am Kreuze zu enden, ist zwar ungeheuerlich und niemals zu begreifen; dennoch begibt sich damit nicht etwas vollkommen Neues, ganz und gar Fremdes. Es offenbart in neuem Maß – für jene, die es sehen dürfen –, was Dasein und Welt schon als solche bedeuten: Dollheit.

Man muß die Welt nicht schlecht machen, wie oft geschehen, in der christlichen und außerchristlichen Geschichte. Sie ist gut und „sehr gut“, erklärt Gott am Schluß des sechsten Tages (Gen 1,31 – und nach rabbinischer Lehre geht dieser letzten Gutheißung der Sündenfall bereits voraus). Aber keinen von uns gäbe es, wenn der Schöpfer dem Guten das Bessere hätte vorziehen wollen.

Damit aber zeigt dies Werdegesetz der Welt überhaupt sich zugleich als Grundbestimmung jedes Dings und Geschehnisses in ihr. – Jedes Werk ist die Frucht eines solchen Ja. Auch die Litanei und eine jede ihrer Übertragungen. Denn es gibt sie nur darum, weil jemand davon Abstand nahm, sie immer noch und weiter zu „verbessern“. (Die letzte Hand an sein Werk legen„ das heißt verbrennen, notiert Georg Christoph Lichtenberg in seinen *Sudelbüchern.*)

Auch hier also, für das Zustandekommen dieses Buches, war jemand „doll“, und nicht bloß einer. Jedes Ja zu einem Menschen, jeder Dank für etwas sammelt sich auf das, was ist, und schweift nicht aus auf Möglichkeiten, die statt dessen sein könnten. – Die Ermutigung und Erkräftigung dazu sehe ich als den Grund-Dienst, den Kunst und Dichtung dem zerstreuten Alltagsmenschen leisten.

Nehmen wir diese Hilfe an und lassen wir sie in uns wirken, dann sind auch wir Leser nicht dazu verurteilt, bei denen zu bleiben, *für* welche die Dollen „läve und sterve“. – Was hindert uns, selbst unter jene zu gehen, deren Leben – daß sie „net ussterve“ – Soumagnes Litanei erbittet?

Jörg Splett

Verzeichnis der Autoren